Vincent van Gogh

Tableaux anciens et modernes

Collection de feu Me D. van de Wijnpersse

Vincent van Gogh

Tableaux anciens et modernes

Collection de feu Me D. van de Wijnpersse

Réimpression inchangée de l'édition originale de 1871.

1ère édition 2024 | ISBN: 978-3-38814-526-6

Antigonos Verlag est une marque de Outlook Verlagsgesellschaft mbH.

Verlag (Éditeur): Outlook Verlag GmbH, Zeilweg 44, 60439 Frankfurt, Deutschland, info@outlook-verlag.de
Vertretungsberechtigt (Représentant autorisé): E. Roepke, Zeilweg 44, 60439 Frankfurt, Deutschland
Druck (Imprimerie): Libri Plureos GmbH, Friedensallee 273, 22763 Hamburg, Deutschland

COLLECTION

DE FEU

Mᵉ D. VAN DE WIJNPERSSE

TABLEAUX

ANCIENS ET MODERNES

DONT LA VENTE AURA LIEU

DANS LA MAISON DU DÉFUNT

Korte Beestenmarkt nᵒ 9, à la Haye

LE MERCREDI 1 MARS 1871

à dix heures et demie précises

par le ministère de Mᵉ **B. VAN DER HAAK**, notaire

assisté de M. **VINCENT VAN GOGH**, expert

EXPOSITION PARTICULIÈRE

le Vendredi et Samedi 24 et 25 Février 1871

EXPOSITION PUBLIQUE

le Lundi et Mardi 27 et 28 Février 1871

de midi à quatre heures.

LA HAYE – 1871

GOUPIL & Cⁱᵉ

CONDITIONS DE LA VENTE

Elle sera faite au comptant.

Les acquéreurs payeront en sus des enchères dix pour cent applicables aux frais.

On aura le plus grand soin des objets vendus, sans qu'on soit toutefois responsable d'aucun dommage, dégat ou perte.

L'exposition mettant le public à même de se rendre compte de l'état des tableaux, il ne sera admis aucune réclamation une fois l'adjudication prononcée.

On ne suivra pas l'ordre du catalogue.

Les tableaux anciens seront vendus entre une et deux heures de l'après-midi.

LE CATALOGUE SE DISTRIBUE:

à la Haye . . . . chez MM.	GOUPIL & Cie.
„ Amsterdam	M. C. F. ROOS.
„	„ C. M. VAN GOGH.
„ Bruxelles. . .	J. HOLLENDER.
„ · ʒ „	„ H. V. VAN GOGH.
„ Londres . .	MM. GOUPIL & Co.
„	„ COLNAGHI & Co.
Berlin	M. N. L. LEPKE.
Vienne	P. KAESER.
„ Francfort s/M.	PRESTEL.

TABLEAUX ANCIENS

BERKHEYDEN

(GERARD)

1 — Vue de l'église et du marché à Harlem.

Le collége des magistrats, sortant de l'hôtel de ville, se disperse sur la grande place.

H. 53 c. L. 43 c. Bois.

BRAKENBURG

(RICHARD)

2 — Intérieur d'un cabaret de village.

Au premier plan un joueur de violon faisant la cour à une femme qui mange sa soupe. A droite deux enfants jouant, et plusieurs buveurs dans le fond.

H. 25 c. L. 33 c. Bois.

BREKELENKAMP

(QUIRYN)

3 — Les couturières.

Dans un appartement du 17ième siècle deux femmes sont occupées à coudre. A gauche sur le premier plan un enfant dans une chaise. Dans le fond, accrochés au mur, un portrait et une carte géographique.

H. 46 c. L. 63 c. Bois.

(Collection Molkenboer 1858. n°. 5. ƒ 205.)

DEFRANCE

(LÉONARD)

(Liège 1735—1805)

4 — Intérieur d'une fabrique de clous.

H. 35 c. L. 52 c. Bois.

DEFRANCE

(LÉONARD)

5 — Visite à l'atelier des lamineurs.

H. 35 c. L. 52 c. Bois.

DOU
(GERARD)

6 — L'oiseau privé.

Deux enfants à une fenêtre ouverte regardent un petit oiseau, dont la cage est accrochée au mur.

H. 27 c. L. 20 c. Bois.

(Collection Mettenbrinck 1861. n°. 7. ƒ 705).
Provenant du cabinet du professeur Bennett à Leide.

DUSART
(CORNELIS)

7 — La marchande de beignets.

Elle est assise dans une petite baraque, entourée d'un groupe d'enfants et d'un chien.

H. 25 c. L. 20 c. Bois.

(Collection Mettenbriuck 1861. n°. 9. ƒ 231).

EHRINGER
(E.)

8 — Portrait d'un jeune magistrat.

H. 100 c. L. 85 c. Toile.

HAGEN

(JAN VAN DER)

9 — L'entrée du bois. — Cerfs et biches au repos.

De grands arbres forment les deux bords d'une grande route. A gauche un ravissant lointain. Tout est nature dans ce beau tableau, et le fini de l'exécution est admirable. Les animaux font penser au pinceau d'Adriaen van de Velde.

H. 36 c. L. 44 c. Toile sur bois.

(Collection Molkenboer 1853. n°. 7 *f* 230.)

HAKKERT

(JAN)

10 — Le passage du gué. — Paysage.

Sur le premier plan deux hommes, un âne et un chien traversent le gué à la lisière d'un forêt. Au second plan un terrain sablonneux avec quelques figures.

H. 57 c. L. 47 c Toile.

JANSON VAN CEULEN

11 — Portrait d'un greffier des États d'Utrecht.

H. 50 c. L. 44 c. Toile.

JANSON VAN CEULEN

12 — Portrait de la femme et de l'enfant du greffier.

H. 50 c. L. 44 c. Toile.

Les nᵒˢ 11 et 12 en cadres de vieux chêne sculpté.

KOBELL
(JAN)

13 — Deux vaches dans une prairie.

H. 30 c. L. 36 c. Bois.

(Collection Landry 1866. *f* 395.)

MOLENAAR
(NICOLAAS)

14 — Paysage. — Effet de neige.

Au premier plan du tableau on remarque un grand poteau de lanterne; à gauche se trouve une auberge au bord d'une grande route couverte de neige.

H. 38 c. L. 32 c. Toile sur bois.

(Collection Molkenboer 1853. nᵒ. 14. *f* 130).

STEEN

(JAN)

15 — Soo de oude songen soo pype de jonge.

Un banquet de plusieurs personnes de différent âge. Un vieillard et une vieille femme chantent. Une jeune femme tient son enfant sur les genoux. Au premier plan à gauche deux enfants et dans le fond un jeune homme jouant de la cornemuse.

H. 35 c. L. 30 c. Bois.

(Collection Bⁿ. Nagell van Ampsen 1851. nº. 46. *f* 700.)
Voir Smith, supplément. p. 487. nº. 38.

STORK

(ABRAHAM)

(Amsterdam ± 1685).

16 — Vue d'un vieux château au bord d'un canal.

H. 77 c. L. 110 c. Bois.

VOIS

(ARIE DE)

17 — Le retour de la chasse.

Un seigneur montrant un perdrix à un petit chien.

H. 26 c. L. 24 c. Bois.

(Vente à Amsterdam 1860 *f* 820.)

ZORG

(HENDRIK MARTENSZ)

18 — Préciosa et la diseuse de bonne aventure.

Ce charmant petit tableau représente une jolie bergère, qui se fait dire la bonne aventure par une bohémienne.

H. 25 c. L. 20 c. Bois.

(Collection Mettenbrinck 1861 n°. 46 *f* 231.)

TABLEAUX MODERNES

—◆◈◆—

ABELS

(J. TH.)

19 — **Paysage. — Effet de clair de lune.**

H. 34 c. L. 44 c. Bois.

ACHENBACH

(ANDRÉ)

20 — **Cascade en Norvége.**

H. 25 c. L. 37 c. Toile.

BAKHUYZEN
(H. VAN DE SANDE)

21 — Vaches et moutons.

Au premier plan, sur un terrain accidenté, est debout une vache qui occupe le centre du tableau; près de là et à gauche sont couchés deux vaches et quelques moutons.

H. 106 c. L. 147 c. Toile.

BAKHUYZEN
(H. VAN DE SANDE)

22 — Paysage et animaux.

H. 20 c. L. 28 c. Bois.

BAKHUYZEN
(H. VAN DE SANDE)

23 — Vaches à l'abreuvoir.

H. 20 c. L. 28 c. Bois.

BEHR
(C. J.)

24 — Vue du Binnenhof à la Haye.

H. 86 c. L. 75 c. Toile.

BILDERS
(J. W.)

25 — **La bruyère.**

H. 20 c. L. 28 c. Bois.

BILDERS
(J. W.)

26 — **Forêt de sapins.**

H. 20 c. L. 28 c. Bois.

BOSBOOM
(J.)

27 — **Intérieur de la cathédrale à Hoogstraten (Belgique).**

(Galerie Guillaume II, n°. 6.)

H. 78 c. L. 63 c. Bois.

BOSBOOM
(J.)

28 — **Intérieur de l'église neuve à Amsterdam. — La chaire.**

H. 25 c. L. 19 c. Bois.

BOSBOOM

(J.)

29 — Intérieur de l'église neuve à Amsterdam. — Les orgues.

H. 25 c. L. 19 c. Bois.

BOULANGER

(F. J. L.)

30 — Les moulins à Gand.

H. 42 c. L. 32 c. Bois.

BURGERS

(HEIN J.)

31 — La veuve du pêcheur.

H. 72 c. L. 106 c. Toile.

BURNIER

(R.)

32 — Fête de village.

H 64 c. L. 78 c. Toile.

CALISCH
(MORITZ)

33 — Les premiers gages de l'ouvrier.

H. 65 c. L. 50 c. Toile.

CORNET
(J. L.)

34 — Les amoureux.

Die steelt, die queelt
Maar wat een dieverij?
Ick stal een kus van haer, maer zij een hert van mij.

J. Cats. Sinne- en minnebeelden.

H. 43 c. L. 36 c. Bois.

CORNET
(J. L.)

35 — Le poète J. Cats et sa petite-fille à Zorgvliet.

Wij sitten wederom daer wij te vooren saten.
Wij sien ons wijngaertranck en onsen vijgeboom,
En 't is aen mijn gemoet gelijck een soeten droom.
Nu stel ick heden vast niet meer te sullen reijsen,
Maar efter evenstacg op mijn vertreck te peysen:
Vertreck van Sorrigvliet en uyt het aertsche dal,
Daer geen benaude sorg ons meer vermoeyen sal.

J. Cats. Twee-en-tachtigjarig leven.

H. 43 c. L. 36. c. Bois.

COUDRES
(L. DES)

36 — Italiennes à la fontaine.

H 63 c. L. 51 c. Toile

COUWENBERG
(A. J.)

37 — L'orage. — Paysage.

H. 60 c. L. 79 c. Toile.

COUWENBERG
(A. J.)

38 — Paysage au bord de l'eau.

H. 24 c. L. 29 c. Bois.

COUWENBERG
(A. J)

39 — Paysage.

CREMER
(J. J.)

40 — **Plage**.

H. 9 c. L. 13 c. Bois.

DREIBHOLTZ
(C. L. W.)

41 — **Marine. — Tempête.**

H. 21 c. L. 28 c. Bois.

DREIBHOLTZ
(C. L. W.)

42 — **La Meuse devant Dordrecht.**

H. 21 c. L. 28 c. Bois.

EBERSBACH
(J. D.)

43 — **Vue de ville.**

H. 21 c. L. 19 c. Toile.

GIRARDET

(KARL)

44 — Laveuses au bord de la Seine.

H. 21 c. L. 35 c. Toile.

GROOT

(F. BREUHAUS DE)

45 — Course de chevaux au Maliebaan. (La Haye).

H. 29 c. L. 38 c. Bois.

GROOT

(F. A. BREUHAUS DE)

46 — Port de Rotterdam. (Leuvehaven).

H. 60 c. L. 88 c. Toile.

GROOTVELT

(J. H. VAN)

47 — Un savant. — Effet de lumière.

H. 13 c. L. 12 c. Bois.

GUDIN
(TH.)

48 — Plage de Schéveningue.

H. 25 c. L. 31 c. Bois.

GUDIN
(TH.)

49 — Marine. -- Côtes de France.

HAANEN
(G. G.)

50 — Fête de village. — Effet de lumière.

H. 20 c. L. 28 c. Bois.

HASELEER
(F.)

51 — Rembrandt montrant ses eaux-fortes. — Effet de lumière.

H. 23 c. L. 35 c. Bois.

HEYLIGERS

(A. F.)

52 — Les jeunes artistes. Intérieur flamand.

H. 51 c. L. 41 c. Bois.

HOPPENBROUWERS

(J. F.)

53 — Les dunes. — Paysage.

H. 38 c. L. 50 c. Bois.

HOPPENBROUWERS

(J. F.)

54 — Paysage. — Effet du soir.

H. 20 c. L. 28 c. Bois.

HOPPENBROUWERS

(J. F.)

55 — Paysage. — Effet de neige.

H. 20 c. L. 28 c. Bois.

HOVE
(B. J. VAN)

56 — Vue de Harlem. — (Spaarne).

H. 71 c. L. 92 c. Toile.

HOVE Bz.
(H. VAN)

57 — Le conseil de guerre.

H. 23 c. L. 21 c. Bois.

HOVE Bz.
(H. VAN)

58 — L'armurier.

H. 18 c. L. 14 c. Bois.

HOVE Bz.
(H. VAN)

59 — Un vestibule.

H. 17 c. L. 12 c. Bois.

HOVE Bz.
(H. VAN)

60 — **Fête de village à Ryswyk.**

H. 23 c. L. 21 c. Bois.

HUNIN
(A.)

61 — **Le départ du conscrit.**

H. 24 c. L. 30 c. Bois.

INCONNU

62 — **Marine.**

H. 15 c. L. 20 c. Bois.

ISABEY
(EUGÈNE)

1843.

63 — **Plage. — Côtes de France.**

Au premier plan à droite une femme de pêcheur portant du poisson ; dans le fond à gauche une foule de figures et plusieurs bateaux de pêcheur.

JACQUAND
(CLAUDE)

64 — Les vêpres au monastère des Trappistes près de Dunkerque.

Lorsqu'au sombre couvent, le jour qui meurt rappelle
Que l'ange va venir, tous les moines soudain
De la froide cellule ou du triste jardin
Montant et descendant, marchent vers la chapelle ;
Et chacun, tour à tour, du premier au dernier,
Disant du même ton: „ frère, il faut mourir,'' sonne
Un seul coup à la cloche, au bas de l'escalier ;
Et quand elle se tait, on n'attend plus personne.
L'office alors commence, et tous avec l'abbé
Se prosternent, le front sur les dalles courbé.

EMILE DESCHAMPS. Les Monastères.

H. 128 c. L. 97 c. Toile.

JACQUAND
(CLAUDE)

65 — La consultation.

H. 60 c. L. 50 c. Toile.

JACQUAND
(CLAUDE)

66 — Méditation.

H. 27 c. L. 22 c. Toile

KATE

(HERMAN F. C. TEN)

67 — Matinée musicale dans un salon style Louis XV.

H. 65 c. L. 98 c. Bois.

KATE

(HERMAN F. C. TEN)

68 — La partie de whist.

H. 24 c. L. 33 c. Bois.

KATE

(HERMAN F. C. TEN)

69 — Intérieur d'un monastère.

H. 21 c. L. 28 c. Bois.

KATE

(HERMAN F. C. TEN)

70 -- La soeur de charité.

H. 21 c. L. 28 c. Bois.

KEYSER

(N. DE)

71 — Le Christ mort et la sainte Vierge.

H. 25 c. L. 21 c. Bois.

KOEKKOEK

(B. C.)

72 — Ruines d'un château dans le grand-duché de Luxembourg.

Ces ruines sont situées au bord d'une petite rivière, entourée de rochers boisés.

H. 87 c. L. 111 c. Toile.

(Galerie Guillaume II n°. 62.)

KOELMAN

(PH.)

73 — Jeune Romaine portant des fruits.

H. 44 c. L. 54 c. Bois.

KOELMAN
(PH.)

74 — Garçons romains jouant sur le lion égyptien, fontaine au capitole (Rome.)

H. 64 c. L. 48 c. Toile.

KOELMAN
(J. D.)

75 — Embarquement de marbre de Carrare.

H. 47 c. L. 61 c. Bois.

KOSTER
(E.)

76 — Port de Dordrecht (Kuipershaven.)

H. 78 c. L. 104 c. Bois.

KRUSEMAN
(C.)

77 — Portrait de S. M. Guillaume I.

H. 32 c. L. 24 c. Bois.

KUWASSEG
(C.)

78 — **Montagne de Chili.**

H. 46 c. L. 32 c. Toile.

LAAR
(P. M. VAN DE)

79 — **Le billet.**

H. 22 c. L. 16. c. Bois.

LAMME
(A. J.)

80 — **Copie d'après Nicolo Lozet di Simon.**

H 84 c. L. 61 c. Bois.

LAPITO
(A.)
1845.

81 — **Paysage italien. — Environs de la Spezia.**

H. 97 c. L. 129 c. Toile.

LANFANT DE METZ
(L.)

82 — **La leçon d'arithmétique.**

H. 36 c. L. 28 c. Bois.

LEICKERT
(CH.)

83 — **Au bord de l'eau. — Soirée d'été.**

H. 30 c. L. 38 c. Bois.

LEICKERT
(CH.)

84 — **Paysage. — Effet d'hiver.**

H. 30 c. L. 38 c. Bois.

LEICKERT
(CH.)

85 — **Vieux château au bord d'une rivière.— Effet de neige.**

H. 59 c. L. 77 c. Bois.

LEYS

(H.)

(1842)

86 — L'ouvrière en dentelle.

Elle est assise devant une maison rustique, auprès d'une petite fille, et cause avec un jeune cavalier. Dans le fond un marché avec des chevaux et plusieurs figures.

H. 114 c. L. 91 c. Bois.

(Galerie Guillaume II n°. 266.)

LOT

(H.)

87 — Le repos du chasseur.

H. 54 c. L. 71 c. Toile.

MEYER

(LOUIS)

88 — La rentrée du pilote au port de Flessingue. — Marine.

H. 85 c. L. 130 c. Bois.

MOERENHOUT
(J. J.)

89 — **Halte de chasseurs.**

H. 21 c. L. 28 c. Bois.

MOERENHOUT
(J. J.)

90 — **Le départ pour la chasse.**

H. 21 c. L. 28 c. Bois.

MOERENHOUT
(J. J.)

91 — **Le repos de la chasse au faucon.**

H 60 c. L. 78 c. Bois.

NOEL
(P. J.)

92 — **Le passage du gué.**

H. 12 c. L. 10 c. Bois.

(Collection Bⁿ Nagell van Ampsen n°. 90.)

NUYEN
(W. J. J.)

93 — Le déménagement en hiver.

Devant une vieille maison quelques personnes sont occupés du déménagement; un traineau chargé de meubles et d'effets de ménage s'éloigne sur le second plan.

H. 112 c. L. 92 c. Toile.

(Galerie Guillaume II n°. 85.)

ORTMANS
(ARENT)
&
VERBOECKHOVEN
(EUGÈNE)

94 — Intérieur de forêt. Troupeau d'animaux traversant un ruisseau.

H. 54 c. L. 46 c. Bois.

OS
(G. J. J. VAN)

95 — Raisins.

H. 17 c L. 13 c. Bois.

OS
(G. J. J. VAN)

96 — Fleurs et fruits.

H. 25 c. L. 20 c. Bois.

OS
(P. F. VAN)

97 — Les chiens du maître.

H. 17 c. L. 23 c. Bois.

OS
(P. F. VAN)

98 — Le chien du berger.

H. 22 c. L. 29 c. Bois.

OTTERBEEK
(J. H.)

99 — Un page.

H. 22 c. L. 14 c. Bois.

OUVRIÉ

(JUSTIN)

100 — **Vue de Dinant.**

H 59 c. L. 92 c. Toile.

PATROIS

(J.)

101 — **La petite couturière.**

H. 40 c. L. 32 c. Bois.

PELGROM

(J.)

102 — **Paysage.**

· H. 16 c. L. 21 c. Bois.

PIPENHAGEN

(A.)

103 — **Paysage suisse. — Lac des quatre cantons.**

H. 28 c. L. 43 c. Toile.

PIENEMAN

(N.)

104 — Jeune guerrier du 17ᵐᵉ siècle.

H. 39 c. L. 32 c. Bois.

P . . .

(H. V.)

105 — Paysage.

H. 26 c. L. 36 c. Bois.

ROBINEAU

(FERDINAND)

106 — Le marché à Bordeaux.

H. 54 c. L. 46 c. Toile.

ROELOFS

(W.)

107 — La chasse au canard. Paysage.

H. 23 c. L. 31 c. Bois.

RONNER-KNIP
(HENRIËTTE)

108 — **Attelage de chiens.**

H. 96 c. L. 120 c. Toile.

ROOSENBOOM
(N. J.)

109 — **La Meuse devant Rotterdam.**

H. 37 c. L. 52 c. Bois.

RUYTEN
(J.)

110 — **Promenade au bord de la mer.**

H. 51 c. L. 40 c. Bois.

SADÉE
(PH.)

111 — **La sortie de l'église.**

H. 109 c. L. 93 c. Toile.

SCHELFHOUT
(ANDRÉ)

112 — **Marine. — Mer calme.**

H. 21 c. L. 27 c. Bois.

SCHELFHOUT
(ANDRÉ)

113 — **Paysage en hiver.**

H. 21 c. L. 27 c. Bois.

SCHELFHOUT
(ANDRÉ)

114 — **Le moulin de Rembrandt. — Effet de clair de lune.**

H. 32 c. L. 46 c. Bois.

SCHELFHOUT
(ANDRÉ)

115 — **Panorame. — Environs de Wageningen.**

H. 31 c. L. 44 c. Bois.

SCHELFHOUT

(ANDRÉ)

116 — Patineurs sur la rivière devant Schiedam.

H. 31 c. L. 44 c. Bois.

SCHELFHOUT

(ANDRÉ)

117 — L'été en Hollande. — Paysage aux environs de la Haye.

H. 58 c. L. 83 c.. Toile

SCHELFHOUT

(ANDRÉ)

1854/55.

118 — Hiver en Hollande.

Une foule de patineurs et de traineaux sur une grande rivière prise par la glace, à l'entrée d'une ville.

H. 69 c. L. 96 c. Bois.

Ce tableau est considéré une des oeuvres les plus réussies de l'artiste et a été exposé à la Haye au mois d'Août 1870 à l'exposition de la société Pulchri Studio.

SCHELFHOUT
(ANDRÉ)

119 — Les ruines du château de Brederode. — Paysage panoramique des environs de Harlem.

H. 89 c. L. 115 c. Bois.

(Galerie Guillaume II).

SCHELFHOUT
(ANDRÉ)

1818.

120 — Vue du château de Horst aux environs de Leide.

Un des premiers tableaux de l'artiste.

H. 59 c. L. 76 c. Bois.

SCHELFHOUT
(ANDRÉ)

1868.

121 — Hiver. — Effet de soleil couchant.

Un des derniers tableaux de l'artiste.

Ovale. H. 37 c. L. 69 c. Bois.

SCHOTEL

(J. C.)

122 — L'entrée du port. — Mer agitée.

H. 38 c. L. 50 c. Bois.

SEBRON

(HIPPOLYTE)

123 — Bateau à vapeur sur le Mississipi.

H. 39 c. L. 54 c. Toile.

SERRURE

(A.)

124 — L'alchimiste.

H. 45 c. L. 58 c. Bois.

SEVERDONCK

(F. VAN)

125 — Canards.

H. 16 c. L. 21 c. Bois.

SEVERDONCK

(F. VAN)

126 — **Un âne.**

H. 15 c. L. 19 c. Bois.

STROEBEL

(J.)

127 — **Vente aux enchères dans une ancienne maison, dite: Huis met de hoofden, à Amsterdam, commencement du 17me siècle.**

H. 152 c. L. 125 c. Toile.

STROEBEL

(J.)

128 — **Vestibule d'une ancienne maison hollandaise; figures par van Wijngaerdt.**

H. 43 c. L. 35 c. Bois.

SWYNDREGT

(F. M. VAN)

129 — **Jeune fille de Scheveningue.**

H. 24 c. L. 17 c. Bois.

TOM

(J. B.)

130 — **Vaches et moutons dans une prairie aux environs de la Haye.**

H. 60 c. L. 93 c. Bois.

TOM

(J. B.)

131 — **Le repos du berger.**

H. 60 c. L. 85 c. Toile.

TOM

(J. B.)

132 — **Paysage et animaux.**

H. 21 c. L. 29 c. Bois.

VERBOECKHOVEN
(EUGÈNE)

(1852).

133 — Sujet de chiens.

H. 30 c. L. 36 c. Bois.

VERBOECKHOVEN
(EUGÈNE)

(1852)

134 — Poules et coq.

H. 30 c. L. 36 c. Bois.

VERHOEVEN
(A. J.)

135 — Les mousquetaires.

H. 72 c. L. 58 c. Bois.

VERSCHUUR
(W.)

136 — Halte de chevaux.

H. 52 c. L. 64 c. Toile.

VERSCHUUR
(w.)

137 — **Chevaux à l'abreuvoir.**

H. 20 c. L. 28 c. Bois.

VERSCHUUR
(w.)

138 — **Le départ pour la promenade.**

H. 30 c. L. 28 c. Bois.

VERVEER
(s. l)

139 — **Un coin de rue au quartier juif à Amsterdam.**

H. 43 c. L. 36 c. Bois.

VERVEER
(s. l.)

140 — **Paysage aux environs de Bruxelles.**

H. 30 c. L. 39 c. Bois.

VERVEER
(S. L.)

141 — **Paysage au bord de l'eau. — Effet de soleil couchant.**

H. 31 c. L. 41 c. Bois.

VERVEER
(S. L.)

142 — **Le passage du bac.**

H. 31 c. L. 41 c. Bois.

VERVEER
(S. L.)

143 — **Vieille porte au bord d'une rivière.**

H. 20 c. L. 28 c. Bois.

VERVEER
(S. L.)

144 — **Vieux château au bord de l'eau.**

H. 20 c. L. 28 c. Bois.

VINKENBOS
(W. F.)

145 — L'entrée du bois.

H. 24 c. L. 30 c. Bois.

WAGNER
(W. G.)

146 — Vue de ville. — Port.

H. 45 c. L. 52 c. Bois.

WALDORP
(A.)

147 — Canal aux environs de la Haye.

H. 19 c. L. 24 c. Bois.

WALDORP
(A.)

148 — Au bord de la mer à Schéveningue.

H. 19 c. L. 24 c. Bois.